小説
花とセロ戦
王利勝範
原作 ジャネット デルボート

小説　花とゼロ戦・もくじ

巻頭言

幸せとかハッピーというのは単に人間が勝手に作った言葉に過ぎない！誓っても良いがこの世に幸せな人など只の一人も居ないのだ。居るとすれば一時的に錯覚してる愚か者だけである（水木しげる語録参照）。ところで人間も動物である。生きる為には餌争いの行列に加わらねばならない。

しかし争い事は、勝っても負けても幸せとはいえない。だから人間には夢が必要である。つまり現実とは異なる心安らぐ避難場所が必要なのだ！そこから宗教や芸術、物語等のファンタジーが生まれる訳である。

この物語は恋というファンタジーの中に一生を捧げた一女性のいわば、

自伝のようなものである。
世にごまんとある愛情物語の一つにすぎないが、本書のようなケースは、誰しも、あまり聞いた事はないだろう。小説として組み立ててみたが、あくまで原作を中心にしたつもりである。

令和二年六月

著者

緒　言

本書を起稿するにあたって、昔のゼロ戦に大人の女性を乗せて、飛べるものかどうか知る必要があった。二五〇キロ爆弾を搭載できるのだから、女性の一人や二人何の問題もあるまいと思っていたのである。

しかし関係者に聞くと、単座戦闘機であり、右手が操縦桿、左手がアクセル（スロットルレバー）右足が尾翼（フットバー）担当だから大人の女性を乗せるのは物理的に無理とのことであった。

しかしどうしてもとなれば、彼女の両足をそろえて、右側に寄せ、頭部は操縦者の左胸に密着させ、スロットルレバーをつかんでいる左腕の間に彼女を抱き込むしかない！

戦闘機であるから宙返りなども予想され、従ってお互いにベルトで体は固定する必要もあった。

さて一九四三年、現在の令和二年からすると七十七年も昔の話になるが、島国小国日本は、信じがたい事だが、太平洋を孫悟空の如く暴れ廻っていた！　つまり米、英、蘭など、すべての白人国を敵として戦っていたのである。本書の時代背景は正にこの頃の話である。つまり太平洋戦争の末期の頃になる。

この頃の白人達は日本人を、武器を持った醜悪な猿の集団の如く憎み切っており、一人残らず皆殺しにと思っていた。原爆を躊躇なく落とした事実もそれを物語っている。

白人は白人以外の有色人は人間じゃないと、歴史的に思っているが、この事実を日本人は実に良く分かっていた（筆者は今でも同じと思っているが……）。

だからこそ日本人も必死だった訳である。昭和十九年いよいよ追いつめられた日本はついに特攻隊を繰り出した。

戦闘機等に爆弾をくくりつけ、敵艦に体当たり攻撃を始めた訳である。海軍機三千、陸軍機二千、護衛戦闘機二千、計約七千人の若者達が命を散らした。これは周知のとおりである。

この中に、愛する彼にしがみついて一緒に突撃、殉死した二人の女性がいた。大蔵巌少尉の妻と谷藤徹夫少尉の新妻朝子さんの二人である。

一九四五年（昭和二十年）八月十九日、満洲国大虎山飛行場より出撃となっている。

実はこの他にもう一人、愛する彼が操縦するゼロ戦に乗り、彼にしがみついて、米艦に突撃した夢を見た女性がいた。

本書の主たる目的は、この三人目の女性、それも青い目の白人女性の人生日記を簡略にして紹介するものである。

彼女の原著によると、あの世にいる彼を一生慕い続け、最後には、夜空の星の見える公園で、あの世の彼と話をするのであるが、なにやらブツブツ独り言を言っているところで終わっているのである。

昔「禁じられた遊び」という映画があった。五歳の女の子が、あの世の母を捜し歩く話だが……。この映画を担当したギター奏者、ナルシス・イエペスという男が、神田の共立講堂で演奏会をやった。

演奏が始まると、「ウォーッ」という男達のドヨメキに講堂が震えた。

日本の男達も優しいんだな！　と思った記憶がある。

ジャネットは四歳の時から夢に見た彼氏を捜し歩き、成人してからは日本中をふらつき、むなしい五十年が過ぎた。

せめてものラストシーンを、一日本人として、今や、時空を超えて行った彼女にプレゼントさせて頂きたく、ここに筆を取る次第である。

著　者

本書製作にあたりお手伝いいただいた方々

○石井恭一ブラザー　写真（右）
カトリック、ラ・サール会修道士
ジャネット女史原著、紹介者

○玉利勝範　著者　写真（左）
一九三九年鹿児島県生れ

○校正、助言協力（同期生）
松井慶人
中馬悟朗

○写真協力
井上淑博

2000年頃、撮影　於 五日市カトリック霊園

○字幕担当
萩尾道代
○挿入画
福元拓郎（二科展審査委員）
大塚晶子（造形大卒）
リチャード・ジョン・ヒューゲル
○ゼロ戦模型提供
原田武治（東京都八王子市川口町）
○諸事協力
トレーシー・テイラー（米国在住）
○パソコン担当
鈴木多代子
（敬称略）

愛と死と！

はじめに

あの世にいる彼氏と、この世の彼女が心から愛しあっていた話は、たしか米国映画か何かで観たことがある。しかし、これから紹介する物語を読者は信じるだろうか？

私（筆者）は中年頃に素読して……そんなバカなとそれっきり忘れていた。しかし年老いて、たまたま再び熟読した。

今度は違った！　もしかしたら本当かも？　と、今回は逆に首をかしげているところである。断捨離にて危うく捨て去る雑本の中から、この一冊がポトリ……と床に落ちたのである。

令和元年（二〇一九年）、グレタ・トゥーンベリという十六歳の少女が、この地球はあと十年で終わりと喚いた。それも国連で多くの国の首脳を前に！

貴方達は何をバカなことを！　ガン首そろえて！　愚か者達が！　とやったから、世界中の注目を引いたのは皆知るところである。


これから紹介する本も、青い目の女性の話である。

彼女はこの世に生まれて四才から見始めた夢に沿って、十歳頃から自分の信ずる道を一心不乱に歩み始めたのである。

ふと立ち止まって、これまで書きためた人生の日記をふり返り、そして、人の勧めもあって本にしたのである。その時は一九九七年（平成九年）であり、彼女は既に五十歳をすぎていた。

タイトルは次の如くとなっている。

『関大尉を知っていますか
青い目の女性が見た日本人と神風特攻』

「本書を関行男大尉と特攻散華された
神風特別攻撃隊「敷島隊」各位の御霊に捧げる」
ジャネット・妙禅・デルポート（著）
服部省吾（訳）

この本は千八百円　十五万字以上の日本語版で、筆者にとってはやや読みづらかった。百田尚樹氏の『永遠の0』という本は大フィーバーしたが、この本はアッという間に巷に消え去ったようである。

現にとっくに絶版になっており、発行元の光人社も既にない！　私はプロの作家ではないが、今、中年以下の若い世代に、このような人もいたのだと、できれば例えお一人様にでも、知ってもらえればと願うのである。

○私（ジャネット）は一九四五年（昭和二十年）七月、南アに生まれた。
○四歳半位の時何故か私は日本のことを知っていた。その頃から度々夢に出てきて、いつも私の方を見ている男の子が、日本人らしいと分かったせいである。
○そして自分の成長と共に彼も成長した。
○九歳になると私は日本のことをノートに書き始めた。
○十五歳になると私は日本語を一通り修得した。
○成人すると、なるべく南アでの日本系の会社に就職した。
○しかし、現実には夢で会う日本人は全く存在しなかった。

○しかし夢にはあまりに鮮明に彼が現れた。そして立派な青年となり、いつも私を見ていた。
○この男は誰だろう？　他人に言っても笑うだけである。
○二十三歳の時、ついに私は日本に渡った。オランダ貴族の血を引く両親の一人娘の私だったが、迷わなかった。
○しかし日本に来てはみたが、その夢の中の彼を捜すのは雲をつかむような話だった。
○何しろ彼の全ては私（ジャネット）の夢の中にしかいないのだ。誰に聞いても分かる訳がない！
○多分誰かに勧められたのだろう。私（ジャネット）は仏門に入った。
○若い男の僧侶の中に、一人二十三歳の娘が仏門の修行をしたのである。
○一九七八年（昭和五十三年）、私（ジャネット）は、日本の田舎の古寺の僧侶として暮らしていた。
○十二月のある朝、天井を見ながら何故か涙がポロポロ出た。
○自分が若い軍人であり、本日戦死する運命の夢を見たからである。
○そしてこの夢の中の若者こそが、自分の人生を日本に引きずり込んだ男だと直感したのだ！
○しかし貴方は誰？　私は何者？　との疑問は全然浮かばず。
○不思議なことに、私はゼロ戦の操縦席に当然のように座っていた。
○何、この夢！　と一瞬目覚めたが……私（ジャネット）はジャネットであって、天井板を見ながら眠っているのであった。
○何故か涙がポロポロ出たが、再び深い眠りに引き込まれた。
○若者は操縦桿をしっかり握っており、私は同体となって彼にしがみついていた。

○煙の臭いと、炎の熱、機体が銃撃を受けたのだ！　大爆発が起こり、自分は大海原へ放り出された！　熱と爆発と怒り、冷たい大海原……私は吐き気を覚えて目覚めた。

○その後、私は内外の図書、ビデオ、その他の資料を集めた。そして内外七十五冊に及ぶ太平洋戦争関連の、特に特攻隊に関する著書を猛烈に調べはじめた。そして、私はついにこの若者が神風特攻隊第Ⅰ号の関行男という大尉であることを突き止めたのである。

○何ということだろう！　生まれて以来、夢の中の男を追いつづけ、生涯かけて捜し当てた男が、自分より二十三歳年上の母と同齢の、それも敵国日本の特攻兵だった、というのだから！　しかも彼はすでにこの世にいない男だったのだ！

普通ならこれで話は終わりである。

オカルト宗教などにはまり、こういうバカな一生を送る人は時々いるが、とにかく、ハイ、お終い……ということなのである。

しかし、彼女の著書は二二一頁あるが、今、ここまでで、まだ十八頁である！　しかも、尚、彼女の夢の中の彼はますますハッキリとこの後も夢に現れ続けたのである。


ジャネットは、要するに彼が特攻戦死した頃に母親の胎内に宿った娘っ子だった訳であり、したがって、戦後生まれである。

そして、夢の中に出て来る男の子を追い回し、夢中で五十年が過ぎた頃、夢の中の男が誰か判ったと言うのである。再度言うが、彼は、彼女が生まれる一年前に戦死していたことが分かったことになる！

帝国海軍 201空 特攻隊

命流れる果て

映画ならここで悲しい音楽でも鳴って話は終わりとなる。十八頁ではあるが、実はここまでがプロローグとなっている。実に長い前置きであり、ここまでやっとこさたどりついた感じなのである。

前頁の写真は、昭和十九年（一九四四年）十月二十五日、神風特攻、関大尉率いる敷島隊五機による体当たり攻撃を受け、沈みゆく米空母セントロー。

なお、大爆発により即死した米海兵隊員百十四名の御霊に対しても、心からご冥福をお祈りいたします。　　　著者

Magnificent ZERO

若き日のジャネット・デルポート女史

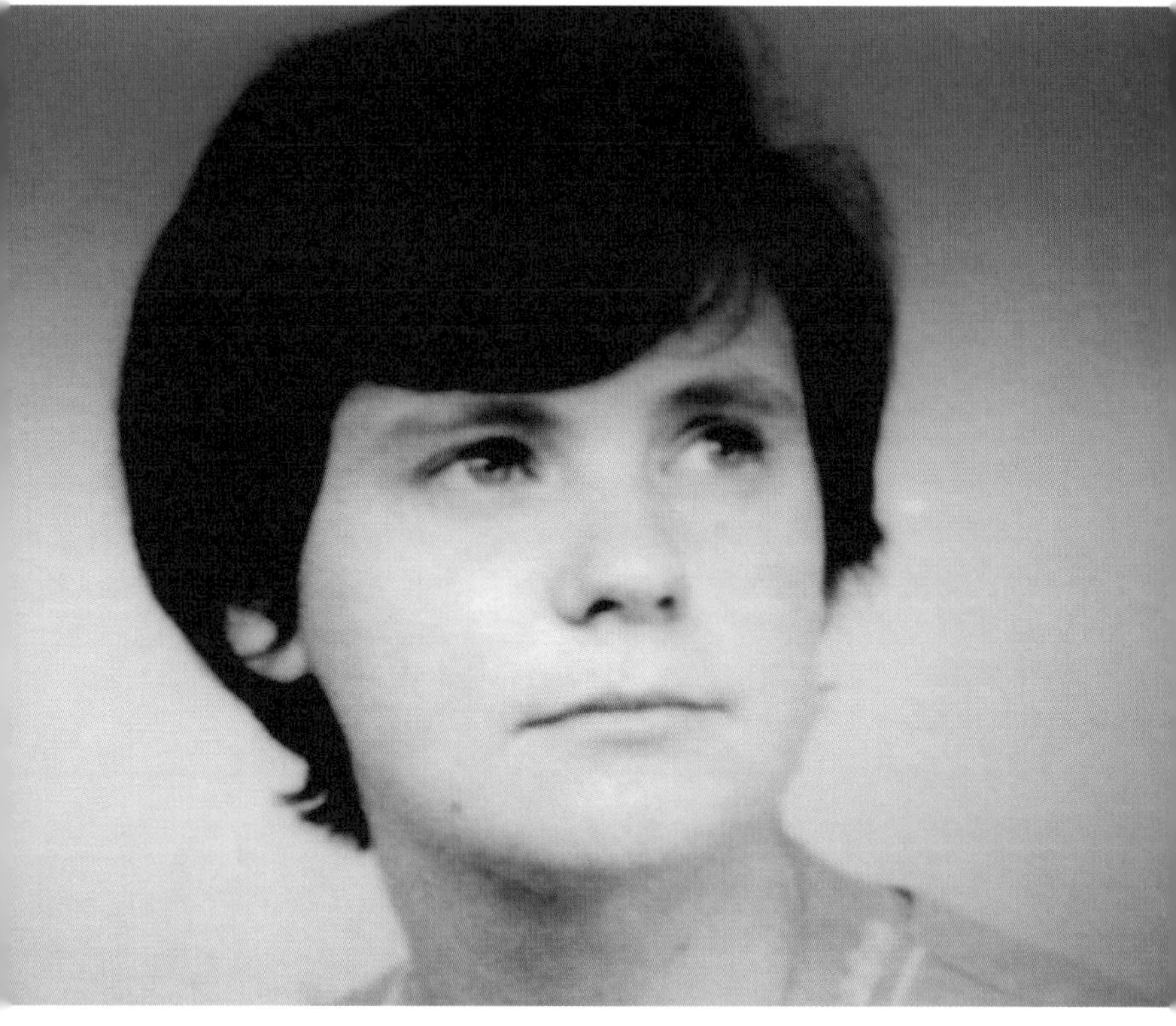

第Ⅰ章

日本史の中へ

彼女の著書二十一頁からは、先にも記したが、彼女は完全に日本史の、特に太平洋戦争前後の歴史の中に迷い込んだ。つまり、迷わず彼の後を追ったことになる。

話が終わらなかったのは、その後もあくまで続々と彼が夢に現れたからである。

筆者はこれらの本の中に、今の中年以下の若い日本人が知らない、本物の歴史が語られていると思うのだ！　日本では毎年、終戦記念日の八月頃になると、必ず戦争番組がテレビ等で放映されている。

九十歳位の遺族が出て来て、あの戦争さえなければ父は死なずに済んだとかのシーンが、これでもかと放映される。

この手の番組が言っていることは、戦後七十五年も経ったが、未だにGHQによって反日的にコントロールされたものだけである。

つまり、日本人よ！　あなた達は如何にバカな政治家や軍人にコントロールされてきた、如何に愚かな民衆だったたか、というものなのだ。

真相はこうだ！　と未だに煽っているのである。

人種差別

どこの馬鹿が、人殺しをしたくて戦争をするのだろう。世界一内気な日本人が、一方的に悪逆非道な日本軍として、アジアを侵略したとされた。そして多くのアジア人や日本国民自身をも苦しめてきたとされ、アメリカ様がそれを苦労して正してやったのだ！　と世界中が思い込まされているのだ！　まるで漫才である。

何しろ勝てば官軍だ！　何とでも物語は作れる。

白人女性のジャネットの著作は、何しろ愛しているのが、帝国海軍関行男大尉だったのだから、ある意味公平にこの歴史を見ているのである。ただ、一人でこれを語るには、少し荷が重すぎた。だから二十二頁から後の文は、公と私の話が入り混じって、一読で理解できるようにはできていないのだと、私は思っている。

とにかく、日本人が最大に勘違いさせられていることは、日清、日露、太平洋戦争に至るまで、全て日本軍が始めたと思わされていることである。事実は全くの逆……（元共和党党首ハミルトン・フィッシュ著より）。

ところで、オードリーヘップバーン主演の映画「ティファニーで朝食を」という映画がある。何の悪意もない、日本でも人気の映画である。

ただ、この中に全くの猿顔の日本人が出て来る。特に美男美女の中ではよく目立つ……。この映画はただのコールガールとジゴロの話なのだが……（笑い）。

あの日本人の顔が集団で武器を持って歩くと、欧米人は映画「猿の惑星」のように恐怖心を持つこともあるのであろう。

白人気取りでヨーロッパを歩くアジア人もいるが、ホテルに帰って鏡を見ればよく分かることである。

余談だが、「人を容姿や人種で差別してはならない。大事なのは見た目である（笑）」

これはキミマロ語録である。

しかし立場が逆なら、我々も同じに思うことは間違いない。だから白人を、一方的に非難するつもりなど全くない。

中年ともなれば、豚みたいにブクブク肥る白人が多く、何も劣等感を持つ必要は全くないが、外国を歩く時は、我々は白人ではないことを忘れてはならない。

白人と対等に仲良くなるコツは、ここをわきまえておくに尽きる。人間として対等だ、などと相手は絶対に思っていないことを知るべきである。

「日本の女性はダントツでモテルが、男はダメ」とは、知人の白人女性の言である。とすると、今回のこのジャネット女史の件は珍しいケースといえる。

愛すべきジャネット女史

ジャネットの著作日本版百三十頁目を見た時、私は腹を抱えて笑った！

アメリカ作の日本国憲法第九条が書いてある。

「平和を愛する諸国民の、公正と信義に信頼して安全と生存を依存し、日本国民は、国際平和を誠実に希求し……武力の行使はこれを永久に放棄し……国の交戦権はこれを認めない？」

これこそがアメリカを筆頭とする世界中の憲法の見本とすれば、これぞ世界の憲法の聖典ではないか！　と、ジャネットは言うのである。これはつまり強盗が入って、家族が皆殺しにあっても抵抗してはならない！　また、家に鍵をかけたり、強盗対策等、一切をしてはならないというに等しい。

昔、裸で歩く山下清という画家がいたが、今の日本国憲法は、日本人だけは猿だから裸で歩け、というようなものである。

ドイツ人は人間だから着衣（自主憲法）を許すが、日本はダメ……当時の白人達の日本人に対する意地の悪さを感じるのは、筆者だけではないだろう。

今世界中でコロナ騒ぎだが、今後とも日本人だけは裸で歩いて良いということは許されないだろう……。


さて話がそれたが、とにかくジャネットは子供の時から日本の男性を心から愛してくれた貴重な女性だと筆者は思っている。

彼女の文は続く……「ホワイトハウスじゃ実は日本は戦争を止めておらず……今や戦争に勝利し、世界を席巻しつつある」……というのだ（笑い)。

「真実なら一人も殺さず、世界制覇ブラボー！　と私は叫ぶ」と、ジャネットは記しているのである。

また、広島の原爆記念碑の文は傑作である。

「過ちは繰り返しませぬから」と言うのである。

二百年後の人間が見たら、どこ人だろうと日本が原爆を落としたと思うことだろう。

大抵、反日に勘違いさせられている、戦後教育で育った市長あたりが、これを毎年おごそかに読み上げるのである。

筆者は、戦後今日まで、この百鬼夜行の世界にあって、日本が曲がりなりにも平和だったのは、世界最強の米軍基地と遅ればせながらの自衛隊の実力であると思っているのだが……。日本はとっくに核兵器を持っていると思っている国もある。

ともかく、あれから七十六年、世界大戦は起こってない。核兵器のおかげだと言っている国も多い。

当時の白人連合国に、戦前、日本がやられたように、一民族を洞穴に閉じ込め、取り囲んで餌をやらない、という経済封鎖は、戦争より恐いのだ。千万単位の餓死者が出るのである。従って、今後どこかの国を一か八かとなるまで追い込むのは、核装備の今日、大変危険である。

今後どこかの国が暴発した場合、パールハーバーを攻撃した日本軍のように、民間地区には一発の爆弾も落とさず、選別してくれるかは甚だ疑問である（当時の軍民入り乱れる中国戦線は別として）。

米国の「パールハーバー」という映画では、日本機が女子供や病院などを銃爆撃するシーンがあるが、厳正に禁止されており、日本側の記録を見る限り、全くの嘘八百であり、現に子供は一人も死んでない。

軍の頭越しに民間地区を焼き払ったり（東京大空襲、十万人死去）、原爆を落として民間人二十万人を虐殺した米軍側としては、何としても日本軍が残虐だったことを、強調しなければならなかったのだろう。……気持ちはよく分かるが……。因みに今日でも真珠湾では、観光客が多い日は、事務所でバルブを捻って沈んでいる戦艦から油を出すそうである。日本軍の残虐さを強調するために……（笑）。

対米戦に於いて、アメリカ同時多発テロ（九・一一）みたいに、とにかく民間地区を爆撃したことは、日本の記録には全くない。

それでも、追い詰められてやけくそになった終戦末期の日本軍の行動と、余裕の大国が政策として原爆を落とすこととは根本的に問題が異なると、ヘレン・ミアーズ（『アメリカの鏡日本』）の著書にある。

君の名は？

再度言うが、とにかくジャネットは、生誕以来、夢の中に現れる男がどこの誰か、ついに突き止めた。五十年もかかって！　そしてその男は既に、この世にいないことが分かったのだ！

しかし夢は終わらなかった。なんと彼は、その後もますますハッキリと夢に現れ、いつも彼女を見続けていたからである。バカバカしい一生だった！　と普通ならここで終わりである。

しかし、彼女はますます彼が愛しくなった。

毎晩ポロポロと泣いた！

昭和十九年秋から、北緯十一度十分、東経一二六度二十分の海底に横たわっている彼の骨を、本気で拾いに行こうと思ったと記している。

こうなれば、何としても彼に会いたい。そして何度も言うが、太平洋戦争に関する歴史、日本史、世界史等、洋書五十三冊、和書二十二冊、計七十五冊が語る世界へ、さらに深く迷い込んで行ったのである。

そしてついには彼に会いたいあまり、宗教の世界にまで入り込んだ。そしてその後、二十七年間にわたり、四ヶ国の宗教団体に属した。日本の神道、仏教に関しては日本人よりはるかに高い見識を持つに至った。

全く日本人も仰天するようなことまで知っている。彼女が踏み込んだ七十五冊の文献が語る世界を、今ここに簡単にまとめることはできない！

とにかくここから先の彼女の行動はまさしくイタリアのジェノバから母を訪ねて三千里の、八歳のマルコ少年と同じである。

だから、ラストシーンを先に記しておく方が分かりやすい。

彼女は関行男に関するできる限りの情報を全て集め始めた！

彼の実家は四国の愛媛県である。そして彼に関する全ての情報は、そこらの日本人よりはるかに深く取得した。

アナタのブルース

○アナタ！　関大尉殿。私の一生は四歳頃からすべてアナタの物なのです。でも私はこの世に生きてるのだから、現実には私が動く他ありませんね。
○アナタ！　は昔から何事にも冷静に頭をひやせ、と言ってましたよね！
○アナタ！　私はいよいよアナタの故郷四国に参ります。

○アナタ！　何？「実はマリコのことだが……」アア私の生まれる前、アナタの奥様だった人ね！　私アナタの女性関係は全部知っているのよ！
　キレイな人ね。
……なぜか急にポロポロと涙が……。
○彼女はね、アナタが戦死なさった時まだ二十二歳！　しかもアナタと過ごしたのはわずか四か月……だったわね、
……「ごめんよ！　つらい思いさせて……」
○イエ違うの、アナタのお母様がね、まだ若いし、子供もいなかったから……とお金持ちの実家へお返しになったのよ！　あれから彼女は医師になり、今では他の医師と結婚して幸せに暮らしていますよ！

帝国海軍二〇一空　神風特別攻撃隊　関行男大尉殿

皆様が一命を賭して守られた一億二千万日本国民は安泰です。今や世界一、二、の長寿を競っています。この令和元年、皆様のおかげ様にて生かさせてもらっている者の一人ではありますが、筆者として、おおそれながら申し上げます。

ジャネットという青い目の女性が、大尉のまわりをウロウロしてます。白人にて極めて冷静を装っていますが、何故かいつも泣いてるように見えます。目の色が何色だろうと、女を泣かせるのは、帝国海軍のメンツに係わるのではないでしょうか？

昔から女、子供の泣くのは静かに抱いていてやるのが一番と申します。彼女が落ち着くと、日本の女達も静かに眠れるのではないかと思っていいます。四国では本家の関夫人始め周辺の人々が、彼女に世話をやきました。大尉のこの世での滞在はわずか二十三年でした。女性の黙らせ方、等という世界一むつかしい学問は、さすがの帝国大合格級の優秀な大尉でも学習する時間はなかったのかもしれませんね！

女のことは女に聞け！　と申しますが、元々母一人、子一人であった大尉の母上サカエ様が亡くなられたのは、一九七八年（昭和五十三年）十一月二十九日、五十五歳の時でしたね。

一九九五年（平成七年）五月、ジャネットは杪除大師（ノギヨケ）拝殿に関大尉の墓参をし、またその母親の墓参もした。

この後度々四国を訪れることになるのだった。そして関大尉の本家筋では親切にもてなされた。

さらに本家筋の関夫人には、大尉の幼少時代の写真等見せてもらったが、驚いたことにジャネットが幼いころから夢に見た彼とピタリと同一人物だったのである。

唯一の財産だった自転車を盗まれ、ポスター貼りの仕事を失った男が他人の自転車を盗んだというイタリア映画「自転車泥棒」がありました。この自転車には一家の生活がかかっていたのです。

実はたった一人の息子を盗まれた、母サカエ様もついに頭に来て、四歳の敵国である白人の娘御をさらって来たのです。

正確には、この娘の心を盗んでこられたのです。そしてご自分で、彼女の心をなめるようにやさしく育てられたのです。

このことは誰にも分かりませんでした。ジャネットにすらです。母上様

は亡くなる時、まもなく九歳になる青い目の娘の心を、しっかりと抱きしめておられました。

行男のこと頼むわね！　と。

つまりジャネット姫は、行男大尉の母上様が世界平和を願って選ばれた、れっきとした大尉の花嫁様なのです。

戦後五十年以上にわたる、ジャネットの現実の行動を説明できる方法は、他にはないと存じます。

第Ⅱ章

恋心とか愛とかは一体何か！

ジャネットの生誕来の行動は一体何だったのだろう。

太古の昔から、この世はオスとメスで成り立っている。時々メスのようなオスや、オスのようなメスもいるが……。

やはり本書の主題がもし恋の物語なら、かなりめずらしい部類だろう。

今、筆者は、二〇一九年（令和元年）十二月二十五日、クリスマス当日夜にこの文を書いている。

テレビで布施明が歌っている。

「霧にあなたの名前を呼べば……こだまむなしい……あなたがいれば楽しいはずの旅路の果てに……」

何しろ一生をかけて夢に見た……というだけの男を訪ね歩いた話であるから……、単なる夢遊病者の物語なのかもしれない、としても、念が入りすぎている。

しかし、とにかく日本の男性をこんなにも愛してくれたのならば……、しかも白人の女性が……。

筆者は、日本人として、深く感謝の念を禁じ得ないのである。むしろ関大尉をうらやましいと思う男も、多いに違いない。とにかく男女の問題は、太古の昔から洋の東西を問わず人間永遠のナゾなのだから。

動物の世界では？

動物の世界ではどうなっているのだろう。身近な犬、猫等、特定の相手を探し求めて添い遂げたとは見たことも聞いたこともない。

しかし忠犬ハチ公の場合はどうなるのだろう。何種類かの鳥等、ペアを組むものもあるが、ライオン等は強い一匹が大勢のメスを従えるハーレム型のものが多い！

この問題は過去から未来へと永遠に続く、特に人間の根源となる問題に違いない。再度言うが、かつて、マルコ少年（八歳）が、イタリアから南米を旅して、苦心さんたんの末探し求めた母は、すでに死んでいた。

また映画「禁じられた遊び」でも、五歳の女の子が「ママ、ママ」と母の名を呼びながら、ベソかいて群衆の中へ消えてゆくラストになるのだが、いずれも悲しい話であった。

最近のレンタルＤＶＤ「禁じられた遊び」では、肝心のラストシーンが省略されてるものが多いようであるが……。

ジャネットの生涯も四歳の時から先は、同じようなものである。

第Ⅲ章

太平洋戦争について

原因は簡単である。第三十二代アメリカ大統領と当時の英国チャーチル首相との密談による日本人絶滅計画である。一九三〇年代のことだ！

これまで日本には随分と入れあげて……日本は大活躍。おかげで千島列島や日本海の対馬にも上陸してきた、やっかいなロシアを極東周辺から追い払ってくれたが……、しかし日本は調子に乗って中国大陸に広大な満州帝国を造ってしまった。当時軍隊の通り道だった朝鮮半島含め、日本の約五倍の大日本帝国が出現したのである。

ヒソヒソ……「どうしよう。連中、図に乗ってドンドン軍備を増強しているが」……「そうですな！……今のうちにつぶしとかないと」……ヒソヒソ……「何しろ地球が猿の惑星になっては……」ヒソヒソ「しかし……その前に……ヒトラーをつぶしませんと……」

「それはやっかいですなぁ！」

「とりあえず太平洋の方には、私の方でハワイに艦隊を廻しときますわ！」……とこんな所である。

人生調子に乗って、景気の良い時は湯気をたてて、ロクなことは絶対にないあの時点で「英国様、米国様、満州国をつくりましたが、如何でしょうか！」「鉄道王ハリマン様が満鉄の権利の半分をよこせとのことですが」……ここで、「ハイ仰せの通り」とやっておけばよかったものを……あとから何とでもなったものを！

当時の外相小村寿太郎が、「バカコケ！　血を流したのは日本人ではないか」と、けんもほろろにはねつけたのだ。

ここで日本の運命は決まったようなものである。

日本はある日突然、石油を絶たれた。一隻のタンカーも通さないというのだ！　そしてこれまで日本がコツコツと米国銀行に積み立てた預貯金全部が召し上げられた。

石油の備蓄が切れるとは、日本全国が停電し、電気、ガス、水道はみな停止と考えれば分かりやすい。

当時の大本営の計算では、国民の半分は餓死とされた。日本の資産凍結、つまり昔の赤穂藩お取り潰しと同じである。

これまで欧米に対してだけは、毛ほども逆らわなかったはずの、当時の日本政府は仰天した。

日本の自給自足では、四千万人位しか生きていけないのだ。徳川時代の様に！

よく訳の分からぬ日本はあれこれ土下座までして何の事かとお伺いをたてたが、動物園の猿に対するがごとく、ホワイトハウスの要人は誰も会ってさえくれなかったのである。

こうして白いハチマキ巻いた四十七士よろしく、帝国海軍大機動部隊がパールハーバーに討ち入りしたのである。

太平洋の嵐

１９４０　　B29製造開始　日本家屋爆撃用として……

1941・12・6　原爆予算↓米国議会通過
1941・12・8　日本海軍真珠湾に討ち入り
1944　B29完成　原爆投下訓練開始
1944・10・25　神風特攻第I号関行男大尉体当たり
空母セントロー撃沈（米兵百十四名即死）
1945・3　三発の原爆完成
1945・7　ロスアラモスで史上初の一発目の原爆実験成功
1945・8　残り二発を広島長崎に投下
(両都市で約二十一万民間人即死)
この年にルーズベルト脳卒中で頓死
(罰があたった？)
1945・8　日本敗戦

米国による日本の戦後処理

徹底した日本人悪人論を展開、満州国、朝鮮半島等、全域から日本人を締め出し、全日本人を四つの島に押し込めた！　しかし、日本兵をアジア大陸から駆除したのはよかったが、同時に自由と似て非なる共産大国が出現、今度はアメリカ人がアジア大陸を追い出された！　これが朝鮮動乱となり、半島分断の南北大戦争に。三十八度線で線引きして、韓国誕生、今日に至る訳である。

ここに来て、初めて日本軍存在の意味を理解したアメリカは、にわかにふたたび日本軍を再建しようとして、あわてて「警察予備隊」を作らせ今日の自衛隊誕生に至る訳である。

蛇足だが、一つだけアメリカが日本人絶滅作戦に成功したと思われる事実がある。今思えば誠にアッパレな作戦である。

それは戦後、日本に、アパートとかマンションとか小規模住宅を持ち込み、家庭から老人を追い払ったことである。特に、戦後の若い女性達が見事に騙された。

二人の世界、君といつまでも、二人だけの夜とか、歌やドラマを持ち込んであおりに煽った。若い嫁たちは姑と住む必要はなくなり年寄りは孫の子守から解放された。

あれから五十年、子育て困難の世となり、今日の急速なる少子化が始まったのだった。女性達は「お母さんちょっとお願い」と、ただで使える子守役を、つまり最も安全な保育士を失ったことに全く気づかなかったのである。ステキな家に車二台、可愛い子供二人、犬一匹の美しいアメリカのホームドラマが、終戦時の日本人には夢のような世界に見えたのである。そして、老人が居ないことを誰も不思議に思わなかったのである。

現在毎年六十万人（東京都八王子市）が、日本から消えていく計算である。このままでは、二百年後には人口〇となるはずである。観光バスで、

「ココ、ウックシイフジヤマ、ムカシ、ニホンジンスンデタ……」

と、今の、インカ帝国のようなことになるのではないか？

とにかく元来日本の家庭は、サザエさん一家が標準である。三世代が住めて、子供が花火できる程度の庭がある……。車はないのだが……。

ところで日本は今まで、無いものは何でも輸入して生き延びてきた。

何も手をこまねいている必要はない。数多くのジャネットさんのような人々に来日頂ければよいと筆者は考える。特に欧米人たちは、田舎の広い屋敷や自然が大好きである。日本人はバカではない！　広い田舎の屋敷に

住み、生き延びる方策を必ず見つけるだろう、と筆者は信じている。最近は豪華客船の如き高層ビルだらけで、何やら皇居周辺まで薄暗くなってきた。コロナは大丈夫なのか？

何かの映画で観た、将来の無人のガラクタビルだらけの廃墟！　想像するのは筆者だけだろうか？

ホワイトハウスの誤算

とにかく日本潰しは、始末に負えない恐怖の二大共産主義、ソビエト連邦と中華人民共和国を出現させた。

後に中国の支援を受けたベトナムからも米軍は追い出された。ここにおいて、欧米諸国は完全に世界最大のアジア大陸からあらかた追い出されてしまった。

これを予測できなかった当時のホワイトハウスは犯罪的無能者ぞろいであったと、米国の作家ヘレン・ミアーズ女史は『アメリカの鏡日本』に記している。

今後万一、日本が共産主義に取り込まれて中国の日本自治区とでもなれば、今度こそは、アメリカが太平洋から本当に追い出されるだろう。太平洋といえば地球の半分である。十三世紀に始まったマルコ・ポーロの、東洋進出による白人達の地球支配の終わりと言えるのではないか？


今地球儀を見ると、世界中のこれという良質な土地で、風光明媚な場所はたいてい白人が住んでいる。だからアメリカ（白人王国）としてはその一環として、太平洋だけは何がなんでも死守しなければならない。従っていまだに米軍は、約三十ヶ所位の日本の基地だけは死守しているわけである。

ただ筆者は、日本が共産諸国の一部になるよりは、アメリカの傘下に置いておいた方が良いのではないかと思っている。そのせいかどうか、日本はこのところ七十年以上も平和だ。私は特攻隊が未だに日本を守っているのではないか、と思っているのであるが……。

因みに国連での国別格付けは、帝国↓王国↓共和国（大統領制）↓合衆国（寄せ集め）となっていて、ヨーロッパ各国やロシアの皇帝は国内の争乱で皆死に絶えて、今、現存する世界最長の歴史を持つ帝国は、日本だけだそうである。

日本人は日本のことを、単に日本と言っているが、外国ではエンパイア（日本帝国）と言っている。帝国とは外国と戦って勝った経験があること、国がなくなったことがないこと（敗戦は構わない）等条件がある。つまり欧米各国による国の格付けは、信じられない話だが、日本帝国が第一だそうである。

今日、英、オランダ、スウェーデン等は皇帝ではなく王様となっており、従って王室と呼ばれている。

アメリカが今、喉から手が出るほど欲しいのは、王様だそうである。

特攻隊について

何しろ国力だけで五十対一の差だから、当然最後には日本は追いつめられた！

それで、飛行機に爆弾を抱いて敵艦に体当たりしたのである。これは単に他に方法がなかったからである。

当時、ロイターやニューヨークタイムズは、「日本人はバカだ！　気が狂っている。コンクリートに生卵をぶつけるようなものだ。何の損害もない」と全世界に発信した。大本営もカクカクたる大戦果だとウソをついていたが……。

フランス人のバーナード・ミロー氏の調査によれば、特攻戦死した日本の若者は約七千人、直接戦闘で死去した米兵一万五千人以上と、いつどの飛行隊が、何という米艦に体当たりし、何人死んだかと詳しく記されている。戦傷を含め、とにかく特攻作戦に於いては約八万の米兵が、半病人となり本国へ送還されている。

一つ大事なことがある。日本の特攻機はあくまで米国の戦艦空母等の鋼鉄の塊に突撃した。女、子供のいる駅やデパート、学校、教会等には一発の爆弾も落としてない。

リヒテンシュタイン国の映像に次のことが記されている。

「米国側民間人死者◯、日本側民間人死者約七十万」

バーナード・ミロー氏は日本の特攻隊について、次のようにのべている。

「それは映画や小説で戦後散々語られた事実とはかなり異なっている。私は十年も日本に滞在し、この死んで行った青年達について……その個人や家族をていねいに調べたが、全く普通のフランスの家庭に育った青年達と何等の違いもなかった。

一時の狂気にかられたとか……一種の催眠状態で気の狂ったとかは、全く的外れであった。彼らは単に日本の将来を思っていただけである。家族や彼女を守ろうと考え……そして単純に日本のために……実に冷静に他に方法がないことを思い……飛んで行ったのである。

彼等はドラマや映画のような悲惨な命令によって……とのアメリカのマスコミの言うこととはかなり異なっている」

と、結んでいる。


ミロー氏は続ける！　「私は何度も日本各地の特攻平和会館を訪れた。数多くの美しい日本語で書かれたそれらの遺書を、集団発狂の若者達に書ける訳がない！


彼らは単に美しい祖国を守ろうとして、また愛する家族を守ろうとして出撃したのである。日本万歳、天皇陛下万歳と、飛んで行ったのだ！

彼等は、人間というものがイザとなれば自分を犠牲にして命を捨てることができる、勇気ある動物であることを見せつけてくれたのである。

な～に！　イザとなればフランスの青年だってできるさ……。

な～に！　フランスの青年だって……」

この日本では二千年前のハスの種から新芽が出たそうだ。

この神風の英雄たちは二千年の過去から現在に、人間とは如何に勇気ある動物であるか、という事実を取り出してまざまざと見せつけてくれたのであると結ばれている。

特攻関連余話　1

いよいよ特攻機が出撃するという時のことである。

「ヨウ！　オッチャン、後の日本のこと頼んだぜ！」

と、若い者は見送りの取材記者達に言ったそうである。

「フン！　口端の黄色いガキが何ぬかす、闘っているのは皆同じだぜ」

と一従軍記者は思ったそうだ！

しかし戦後、彼は夜になるとゴーゴーと耳鳴りがして夜眠れなくなった。それも全然眠れないのである！

フン、日本のことを頼むって！　ガキ共め！……

俺にどうしろっちゅうんだい！

彼は毎晩泣きながら……神棚に空中観音なるものを置き、朝夕に礼拝した。

彼はその後十七年の歳月をかけ、大作『徳川家康』を書き上げた。人間どうしたら戦争をしないで過ごせるのか、徳川家康に聞きに行ったのである。

それから実体験した『太平洋戦争』を書き上げたオッサン、即ち山岡荘八氏は、一九七八年（昭和五十三年）、七十二歳で没した。

特攻関連余話　2

これは海軍特攻基地での話であり、ジャネット女史も記している。

「明日飛び立つゼロ戦の操縦席は、皆様の棺桶だからよ！　ゴミ一つあっちゃならねぇ」

と、いつも熱心にピカピカに磨き上げるオッサンがいた。

「ヨウ、オッチャン！　気持ちいいね、ありがとよ」

と隊員たちは言ったそうだ。彼は黙っていたが、飛び立つ時、翼をつかもうとして泣きながら走ったことで有名なオッサンだった。（名前不詳）

特攻関連余話　3

戦後、米軍は日本各地を廻り、戦時中の記録映画を放映して廻った。おかげで今日でも我々は、ポロポロと撃ち落される特攻隊の実写を見ることができる。

ある時観客席のオバサンが、ギャーッと言って気絶した。米軍側ではこの部分のフィルムを切って、このオバサンに進呈した。その後米軍ではフィルムを編集しなおした。その後今日では、人物の特定できる編集前の原盤は見ることはできない！

火だるまになって飛び込んでくるゼロ戦の中に、まだ二十前の息子の顔がハッキリ写ってたそうである。

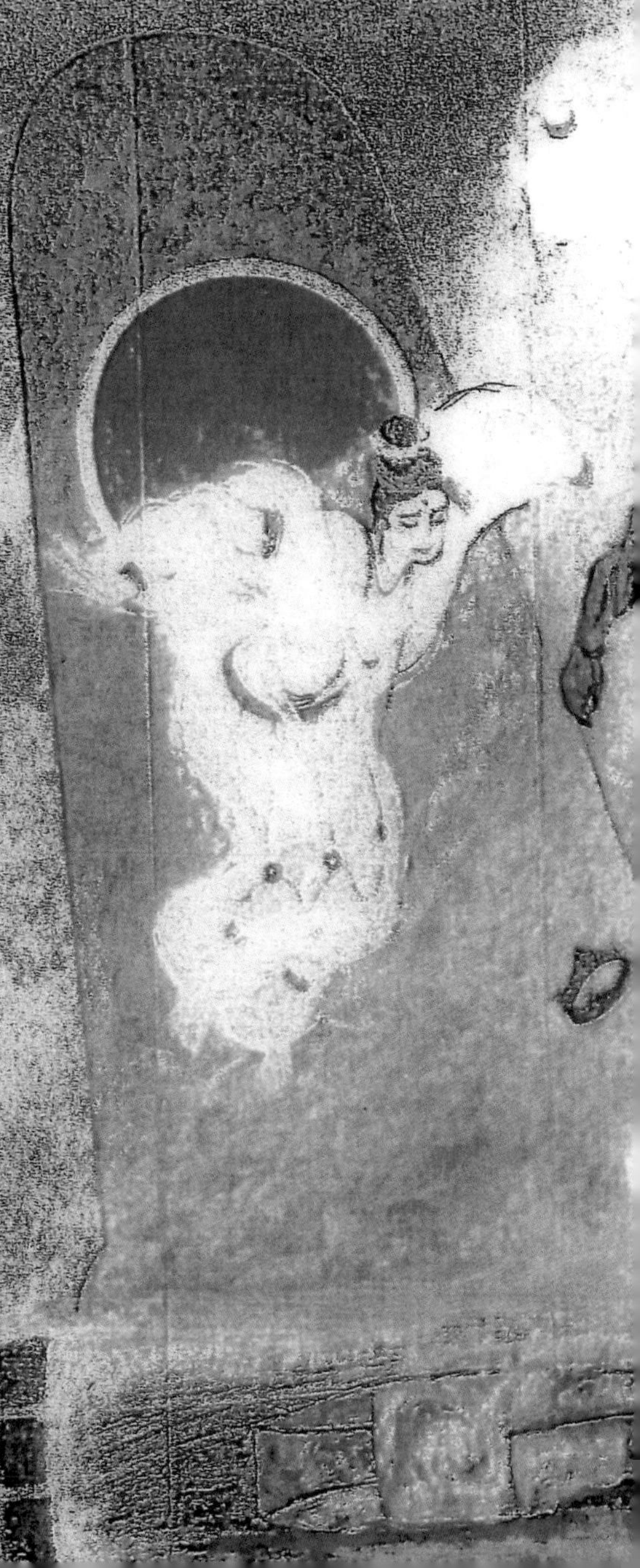

鹿児島県
知覧特攻平和会館コピー
壁画 中矢勝良画伯（宮崎県）

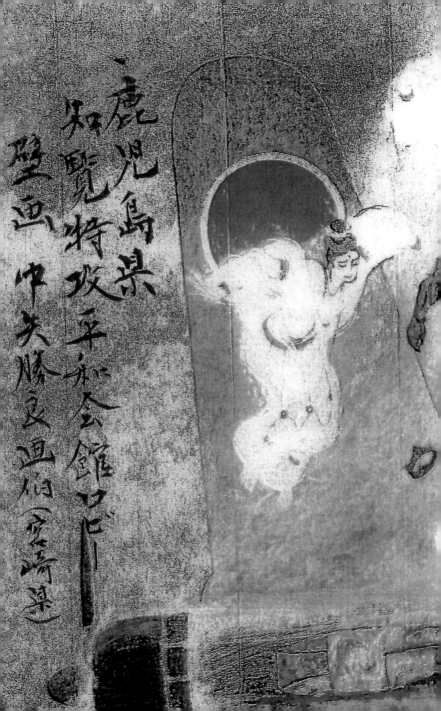

太平洋戦争の総括

太平洋戦争は日本史上最悪の出来事だった。

百十万の戦死者の他に、民間人七十万、そして七千人もの若者が特攻兵として散華した。

この戦争の原因の大もとは、一八五二年のペリー来航に始まる（実態は金山の匂いを嗅ぎつけた海賊）。しかし上陸した時、幕府の軍勢が整然と並んでいた。そして日本という有色人種の国が、キチンと組織化されていることに米側は驚いた。

かつて欧州白人各国同士の争いや、もめごとのストレスから逃れようとして、大勢の白人達が自由を求めて陸続とアメリカ大陸へ渡った。

そしてアメリカ合衆国ができたが、後年同じことを日本がアジア大陸でやろうとしたのが、日本名「大東亜戦争」、米国名即ち「太平洋戦争」の原因である（満州進出）。

ロシアに勝ったのは良いが、有色人種がのさばっては困る、白人達はこう考えたに違いないとは、前にも述べた。

戦後の日本での民衆洗脳教育は徹底していた。

再度言うが、

「日本人民よ！　真相はこうだ！　あなた達は如何に愚かな政治家や軍人に先導され、如何に愚かな民衆だったのか！」

そう連日マスコミに喚きたてさせたのである。

○かつて欧米諸国は、他の南米諸国に銃三丁を持ち込んで、内乱を起こさせて植民地にした時の様に、日本にも内乱を起こさせようと計画した。

そして遠い薩摩藩に、強力なアームストロング砲を持ち込んだ。
○これで国内争乱となり三十万人位死ねば、通常国は疲弊する。そこを一挙占領しようと計画した。南米でやったように！
○これで徳川幕府が倒れ、日本国内争乱の手前まで行ったが、すんでの所で西郷隆盛等が、この計画を見破った。そして彼は身を呈して、国内争乱を防いだことになる。明治政府誕生までの国内争乱の死者は、二万人にも満たなかった。つまり日本の内乱は起こらなかったのである。誠に欧米諸国はガッカリした事であろう。(笑)
○当時欧米に負けじと極東への進出を計っていたのは、ロシアも同じである。日本海の漁船を追い散らし、半島を伺い、何と対馬列島に一時上陸までした。
○そこで欧米諸国は、今度は日本人を名誉白人とおだてて、対ロシアの番犬として利用することにした。
○ちなみにロシア艦隊を追い払った戦艦三笠は、英国製である。
○話は違うが、日本の中高生の歴史教育は、石器時代から江戸末期迄となっており、戦後、明治以降の真実の歴史を生徒に教えるのは、厳重に禁止されている。信じられない事だが、これは今日でも同じである。

白人達が、「有色人の小さな島など地球のゴミだ！」と考えたのだが、筆者には分からなくもない。

欧米人たちが見慣れている世界地図は、大西洋が中心である。したがって、日本は最東端にぶら下がっている、実に小さな島国に見える。FENとは最果ての、を意味する。

ところで日本人だってゴミは嫌いであるが、要するに人種差別が根底にある訳である。

猿が聖衣を着てアーメンと言ったら、笑うのは白人だけではなく日本人もそうである。

だから日本ではキリスト教は、真の意味ではまず根づかない！　戦前戦後共にわずか2％である。太平洋戦争が終わってアメリカは九万人以上の神父を日本に入れ、日本人をキリスト教に改宗しようと試みたが、キリスト教徒はいわば一人も増えなかった（韓国は六〜七割）。

要するに多くの日本人は、キリスト教の諸儀式は白人専用の一種の美しいショーだと思っているのだ。また結婚式の時などには、聖書の前で変わらぬ愛を神の御前で誓うのであるが、欧米諸国の離婚再婚は日本の比ではない。

以上のような訳で日本人にとっては、ただ払いたまえ清めたまえと言うだけの、何の制約もない宗教の方が都合が良いのである。

地球温暖化について

人間は昨日という遠い昔のことはすぐ忘れる。そして明日という遠い未来のことは何も分からない！（映画「カサブランカ」参照）

全世界の国民が豊かで幸せに……、などと夢みてはならない。

ところで大人と子供では酸素の消費量、炭酸ガスの排出量は当然異なるであろう。全世界の人口が減るか、全世界の人間達がもっと小さくなる工夫をするかだ！

たしか米国では男一七〇センチ、女一六〇センチを標準となるように研究中と聞いたことがある。バスケットの試合に勝つために、かつての遺伝子交配によって造られたといわれる、二メートル超えの大男や大女だらけで地球上が埋まったら大変だ！

そうなると恐竜のように間違いなく人類は滅びるだろう。国別体重差による酸素の消費量も考慮すべきである。二〇〇kgと五〇kgの人間では、資源の消費量も違うであろう。

今後地球が生き残るには世界人口は半減、または今度は、全人類のサイズを二分の一にするか、または虐殺無残な恐怖の共産独裁国家のみとなるか……である。

このまま全人類の豊かで幸せな生活を続けようとしたら、たちまち地球は資源が枯渇し、全滅であろう。島国の小国日本だけをとってみても、このところの天変地異はただごとではない。そのうちアメリカ映画みたいに地球を滅ぼす敵が現れ、全世界の男達が神風特攻せざるを得ないことにならないように祈るのみである。

そして全世界の男達も、やたらめったら自分ファーストだけの主張や結論ばかりをわめきたてて争うのではなく、一個のケーキを皆で少しずつ分け合って食べる日本式文化を学ぶべきであろう。

日本には、自家用ジェット機や豪華ヨットを何隻も乗り回すバカみたいな大金持ちは極めて少ない。税制的に大金持ちは存在しにくいのだ。だから世界中の大金持ちは日本には住めないだろう。無理して住めば、日産社長のカルロス・ゴーン氏みたいなことになる。

天皇陛下ですら、皇居は日本国から借りている借家である。

究極の社会主義かもしれないが、恐怖の将軍様みたいなものは存在しないし、日本の総理大臣などは、サラリーマン達が飲み屋で呼び捨て、バカ呼ばわりして、酒の肴にするのが一般的である。

日本はカリフォルニア州とおおよそ同じ面積である。そして四周は海である。

お互い仲良くしなければ生きていけない。逃げ場はないのだ！　地震・雷・火事・津波等、人力でコントロールできない自然災害も多い！　だから自己主張ばかりでは生きていけない国だ！

歩いてもぶつかるとまず「すみません」とお互いに言う。「バカヤロ！」などとわめき散らし、自己主張を押し通さねば生きられない他の大多数の国々と異なっている。

だから神道という独特の宗教が発達した。これはただ、払いたまえ、清めたまえ、いつもキレイにしましょうと言うだけの極めて謙虚な宗教だ！

日本の六割は山である。富士山は美しい。水もキレイで豊富だ。

不思議なことにホームレスはアメリカの百分の一だ！

かつて「日本沈没」という映画があったが、国が沈むなら皆一緒に沈もうという話だった。例外はあるが、一般的に日本人はおとなしすぎて無能と思われ、他国では生きられないのだ！

因みに日本に嫁いだ外国の女性で不幸だったという人を筆者は知らない！　日本では外国の女性も大切にする。

長く日本に住み着いた外国人はもう他の国には住めない！

ジャネットさんはそういう国に嫁に来たと言えるのではないか？

終わりに（二人の世界）

「ねぇ！　関大尉！　アナタ何？」

「星を見たのか？」

「いいえ、でも私ね、今新しい場面の幕開けにいるのがハッキリ分かるわ！」

「ウム、そのことだがな、昨日閻魔様の受付窓口で清算してもらって来た！」

「今、令和元年だが……ここをスタート地点にしてな、ジャネ姫殿は当年二十三歳だそうだ！

しかしな、私の方は四十六歳からがギリギリでな……。宇宙時間の原理でこれ以上若くはできないそうだ！

だから二十代の青年でなくて悪いのだが……」

「そんなこと百も承知よ！　私、昔からパパに抱っこされるの嫌いじゃなかったわ！　それに貴方がこの世にいたのはわずか二十三年でしょう。当り前よ！」

「ところでエンマ様のことわかるよな！」

「私、言ったでしょう、日本のことなら何でも知ってるわ！」

……実際、この娘ジャネットは、私（行男）自身のことは元より、神道から仏教に至る何から何まで知っていた。

昨夜は皇居が見えるこのホテルの部屋で、ありとあらゆることをしゃべった。

関大尉は一七六センチ、日本人としては大柄で、ジャネ姫は白人にしては小柄な方だが、雄弁だった。

要するにこの娘は、日本人の妻となるに及んで必死に面接試験に受かろうとする女学生のように見えた！

おしゃべりは続き、ついには『万葉集』から『歎異抄』の内容までそらんじ始めた。

「善人なおもて往生を……。弥陀の誓願不思議に助けられ参らせて……」

彼は彼女をヒョイと抱きあげると、そのままベッドに座り、いきなり唇をふさいだ！　そして彼女が落ち着くまで、長い間じっとキスをしていた。

翌朝、彼女はベッドの中で言った！

「ねぇ！　帝国海軍ではキスの仕方も教えるの？」

「俺はいつでも何の試験も成績は良いほうだった……ハハハ」

「知ってます、貴方は、中学、高校といつも成績はダントツのトップ。四国ではテニス大会でも優勝したわ」

「ところで今日の午後、令和新天皇、皇后のパレードがある。それを見終わり次第。出発するぞ！」

「素敵ねぇ！」

ジャネットは目をうるませて皇居の方を見た！

「ほんとはね　雲に乗って月から君を迎えに来る訳だったのだが……。チト乗り物の都合でね！　自分の女房くらい自分で連れて来い……と言われたよ！」

少し狭いので、また君を抱っこして乗ることになるが……、何しろあの世も混んでてな……」

氏

全てを貴方の為に

神風特別攻撃隊、夢の

原作　ジャネット・M・デルポー

「それ『竹取物語』じゃない？　すると私、かぐや姫ね！」

と顔を赤らめた。

彼女は実によく似合う赤いショールを羽織って鏡の前に立った！

「サテ、お袋も待っているが……」

「知ってます。一緒にと私にも連絡があったのよ！　私の父も来ててね、二人で待っているそうよ！」

ジャネットも知らなかったことが一つあった。

はるかな昔、父からプレゼントされた美しいシルクの赤いショール！

実は行男の母、サカエが渾身の思いを込めて、これを娘さんにとジャネットの父に託したものだった！

「これはジャパンの京都のシルクだな、流石……」

と思ったが、父は娘には黙っていた。

つまり行男の母とジャネットの父は、早くからあの世においてお互いに、我が子を見守っていたのだった。


令和元年十一月十日、東京は小雨模様だった。

しかし皇居の周りには、十数万の群衆が喜び勇んで群れ集まっていた！

美しいパレードが始まると、不思議なことに空が晴れた。

東京を西から東へ、美しい虹がまたいだ！

パレードが終わっても、虹はまだ消えていなかった！

その中を零式戦闘機二十一型がくぐりぬけ、夕日を浴びてキラリと光った。一瞬機内に、赤い花のようなシルエットが見えた！

そして夕日を浴びたゼロ戦が、その美しい姿体で、優雅に舞うがごとく、群衆に別れを惜しむように、次第に高度を上げた。

やがて機は大空の彼方へと見えなくなり、そして二人は幽玄の世界へと旅立って行ったのであった。

完

花と零戦　完

製作・著作　ＮＨＫ　　2019年11月10日

あとがき

筆者はプロでもないのに何故この本を書いたのか？

理由は、この著書（ジャネット）の記したことが事実ならば、「間違いなくあの世がある……」ということになり、確かめてみたかったからである。彼女は元々、オランダ貴族の血を引く両親を持つ一人娘で普通の白人女性である。

昔、小生の高校時代の恩師に、石井恭一というカトリック修道士がいた。

彼は児童養護施設、仙台ラ・サールホームにて、作家・井上ひさし氏の里親としても全員に慕われていた。

彼と同齢の大友成彦氏の二人は、今日故人となられたが、正に日本カトリック　ラ・サール教会を支えた双璧だった。

卒業生が、良い暮らしを夢見る医者だらけで、我が校は医者だけの為の学園じゃないのだが……とよく嘆いておられた。

二人共、英、仏語に堪能で、もちろん一生清貧の独身を通された。

その石井恭一氏から「これ読んどきなさい」と賜ったのが、今回のジャネット女史の原本である。

筆者はこれを二十年後の今頃読んだことを深く後悔してる。

昔から人類永遠の課題である、あの世の存在を確かめる絶好のチャンスを逃したと、感じている。

あの世がある、と信じざるを得ない原作本を書いたジャネット女史（七十五歳）がオークランドに存命中と、つい最近分かった次第である。

未確認情報だが、飛んで行って話を聞くには年を取り過ぎた！　と思っていたら、メールで連絡が取れた。ジャネット女史の返信を、了解を得て、原文と日本語訳にて、あとがきの後ろに掲載する。

かつての同期、松井慶人、中馬悟朗、両君には多大な協力を頂いた。また、米国在住の主婦トレーシー・テイラー嬢にはいつもご協力を頂いている。彼女がジャネット女史を探し出し、連絡を取ってくれた。地元八王子、清水工房（揺籃社）の編集担当、山崎氏には格段のご協力を頂いた。深謝しています。

コロナ騒動の令和二年九月　　玉利勝範

Dear Dr. Tamari,

Happy to inform you that your manuscript has arrived! I have read it with deep interest and respect.

Thank you, Dr. Tamari, for writing such a sensitive, kind, and heart-warming story. Your words have brought a positive and encouraging element to the matter of the relationship with Lt. Seki. The 7 years spent researching the Tokko-tai, and particularly the life of Lt. Seki, were difficult and sad years, but you have brought a sense of complete healing - and joy - to the experience! There are not enough words to express my appreciation to you.

This month I will turn 75 years old, and you have given me a truly wonderful gift at this stage of life, and a pleasant sense of hope on my own journey to the next world.

Very best wishes on the next phase of your book toward publication. I will be very much looking forward to the complete book.

Sincerely, and with wishes for a very pleasant Wednesday.

Letter from Canada, Jeanette   8, July, 2020

玉利勝範様

原稿届きました。

とても興味深く敬意をもって読ませて頂きました。


心温まるお話に感謝します。

関大尉に関するあなたのお言葉は明確な励みになりました。

私も特攻隊に関する調査、とりわけ関大尉の生涯に対し、七年の歳月をかけました。

厳しく悲しいことでしたが、貴方の言葉は、その経験を完全に癒し、喜びを与えてくれました。

感謝の言葉が見つかりません。

今月、私は七十五歳になります。

この年になって貴方は本当に素晴らしい贈り物と、あの世への旅路にふさわしい希望を与えてくれました。

出版した本の完成を楽しみにしています。

心をこめて。喜び深き一日となりますよう。

ジャネット・デルポート

カナダからの手紙　二〇二〇年七月八日（水）

よせがき

校正、助言協力者（鹿児島ラ・サール高校第七期生）より

○松井慶人

著者とは鹿児島で、小、中学、ラ・サール高同級の盟友である。

そして彼は人の「命」を救う医学の道へ進んだ。

高校がミッションスクールだからといって、皆がガチガチの単なる「平和主義者」という訳でもない。

我々の先輩で防衛大に進み、先の大戦の敗北を追求した『失敗の本質』の共著のひともいる。彼は「戦争」という行為を、この著でも追及してい

る。彼は、本当は「歴史学者」になりたかったのではないか。そして、その師は多分『大東亜戦争肯定論』を書いた林房雄か江藤淳辺りだと思う。

（慶応義塾大学卒）

○中馬悟朗

思想的に少し右寄り、同級生の私が最も頼りにするお医者さん、名医です。身体のことで困っているとき、松井君に、「玉利君に相談せよ！」と言われたので、以来頼りにしています。

医者にとってあるべき姿を、若い後輩医者に教えてもらいたいです。

（岐阜大学名誉教授）

（敬称略）

参考文献

一　『関大尉を知っていますか』ジャネット・デルポート（服部省吾訳）
二　『小説　太平洋戦争』山岡荘八
三　『劇画「帰って来た男」』水木しげる
四　『アメリカの鏡日本』ヘレン・ミアーズ
五　『利己的な遺伝子』リチャード・ドーキンス
六　『大東亜戦争』茂木弘道
七　『ルーズベルトの陰謀』青柳武彦
八　『アメリカが隠しておきたい日本の歴史』

マックス・フォン・シュラー
九　『神風』バーナード・ミロー
十　『天才』石原慎太郎
十一　『余命三年時事日記』作者不詳
十二　参照映画『猿の惑星』『ティファニーで朝食を』『禁じられた遊び』
『自転車泥棒』『太平洋戦争記録映画』リヒテンシュタイン作品
十三　挿入画「知覧特攻平和会館壁画」
「裸婦像」福元拓郎画伯（二科展審査委員・一九八八年）
イラスト　大塚晶子（東京造形大卒、カバーほか）
リチャード・ジョン・ヒューゲル（陶芸家）
パレードシーン　ＮＨＫ映像より
十四　敷島隊奉賛会資料提供　西条市役所社会福祉課・小島利秀

中央……大友成彦（修道士）
鹿児島ラ・サール校長
左端……石井恭一（修道士）
函館ラ・サール校長
右端……筆者　玉利勝範

日野修道院在居中に、近在の拙宅にて撮影
（2000年頃）

著者プロフィール

玉利　勝範（たまり　かつのり）

一九三九年　鹿児島県生まれ
一九六六年　東京医科大学卒　（医学博士）
一九七七年～二〇一六年　八王子市にて開業
（八王子市医師会理事歴任）
二〇一七年～「終わった人」として現在に至る

・投稿履歴
一九九九年『うらやましい死に方』（五木寛之編）
『ミスターの最期』（「文芸春秋」十一月特別号）

他に……黒澤明研究会、川口郷土史研究会、東京医大新聞、ラ・サール同窓会誌、八王子南ロータリークラブ、八王子市医師会誌、など

・自費出版履歴

二〇一〇年『心室細動　病で逝くならこれに限る』（清水工房）

二〇一六年『「七人の侍」を考える』（近代文芸社）

小説《しょうせつ》　花《はな》とゼロ戦《せん》

令和２年（2020年）10月10日　印刷
令和２年（2020年）10月20日　発行

著　者　玉《たま》　利《り》　勝《かつ》　範《のり》

発　行　揺　籃　社

〒192-0056　東京都八王子市追分町10-4-101
TEL　042-620-2615　FAX　042-620-2616
URL https://www.simizukobo.com/
印刷・製本　株式会社清水工房

ISBN 978-4-89708-438-1 C0093　乱丁・落丁はお取替えします